나르시스 건져 올리기

지혜사랑 242

나르시스 건져 올리기

김태숙

지혜

시인의 말

당신처럼 살지 않겠다던
씨알머리 없는 발칙함에 대하여
후회와 화해의 손짓이고 몸짓이었음을

이 첫 시집을 당신께 바칩니다.
당신을 닮았습니다.

2021년 소설小雪 무렵
김태숙

차례

1부 봄의 랩소디

2부 여름의 랩소디

3부 가을의 랩소디

4부 겨울의 랩소디

• 일러두기
  페이지의 첫줄이 연과 연 사이의 띄어쓰기 줄에 해당할 경우 > 로 표시합니다.

1부

봄의 랩소디

꽃이 피고 지는 건 시 같아
네 안에 꽃이 피어, 나도 따라 핀다.

엄마의 성전聖殿

오래된 성전이 발견되었다
허리 잘록하게 동여맨 다리 밑
강물은 만삭이 된 채 섬을 숨기고 있었다
허물처럼 벗어 놓았다던 울음
컴컴한 강바닥에서 어린 마음 낡고 있다
이제, 그만 놓아 주실래요
화석같이 굳어진 말들의 뼈
말랑해질 때까지 비릿한 기억 더듬는다
물빛 깊어져 심박수 늘어나
발긋한 살비늘 강물로 직립한다
엉킨 물살 헤집고 조금씩 드러나는 진실
자꾸만 어둠 속에서 내가 울고 있다
횃불 들고 수런거리는 사람들
건져 낸 울음의 정체 물었고
다투어서 아이의 엄마 예측한다
누가, 다리 밑 기웃거렸던가
꼬리 치켜세우고 축대 걸터앉은 강아지풀과
노란 꽃 팬티 갈아입은 민들레뿐
진흙 같은 바람만 지나가고
오랜 시간 나를 놓아주지 않았던 다리
물 빠진 문양이 풀린 목줄 같아
내게 발목만 남기고 떠난 자리
갇힌 섬이 그리울 때가 있다.

나르시스 건져 올리기

이른 봄 붙잡고 앉아 물가에 캔버스 편다
색의 채도와 빛의 파장으로 심상의 깊이 재고 있는
물에 잠긴 수선화
어떻게 건져 올릴까 고민하는데
바람이 먼저 손 뻗어 팽팽하게 둑 당긴다
순간, 햇살 아래 몇 개의 붓이 물속에 익사하고
가라앉은 꽃 그림자 맑거나 노랗지 않아
나르시스 되는 연습한다
심 진한 4B 연필 들어 물 깊숙이 휘젓는다
너울이 물보라로 피어오르고
펜 끝에선 유년의 강물 출렁인다
마음 가라앉히자 서서히 화폭으로 옮겨지는 꽃
그림 속으로 점점 물 차오른다
잠시, 생각에 잠긴 나는
그림에 비친 슬픔 묽어져 무채색 되고
물에 덴 상처 어느새 푸르다
알량한 자존심으로 나비 애간장 녹이던 나
언제 그림 속에 빠져들었는지
나르시스가 캔버스 밖에서 웃고 있다.

낡은 집

벌판에 집 한 채
반생 고스란히 쌓였을 풍경 얇다

오래 방치된 날들이 비집은 틈새마다 세월의 흔적이 등고
선처럼 찍혀있고
　유행마저 지나친 형색 더듬으면 함구했던 과거가 잡히기
도 하는

그 싸늘한 입자는 얇아지기 직전의 아픔과 방심 이전의
깊은 곳까지
　몸피 부풀렸을 것이다

가끔 늦은 귀가가 있는 날이면
무관심에 쩍쩍 갈라진 굳은살 같은 심사를 들여다보는 일은

세월의 가장 바깥으로 내몰린 기억을 데려오는 것이며
벌어진 안쪽으로 저물고 있는 나를 살피는 일이다

밟힐수록 단단해지는 땅에 두 발로 견디어 본 사람은 안다
중력이 때론 얼마나 많은 인내를 요구하는지를

그리하여 오랜 체념을 견디는

그 안은 많은 이야기가 잠겨있어 사방 험난하다

운명을 잇는 생과 사의 정류장이었고
새로운 출발점일 수도 있었던

그곳은
모두가 아는 패잔병의 뒷모습처럼 생존의 위기를 대물림
하고 있을 것이다.

지칭개꽃

시간 넘나드는 당신은
늦은 봄 보랏빛 추억

찬바람 사라진 가시밭 두렁
엉덩이 질퍽하게 떡잎 깔고 앉은
쓰디쓴 속울음 우려낸 지칭개 된장국으로
입맛 지친 한 끼의 밥상 차렸던 어머니

먼저 보낸 자식에게
허연 밥 부뚜막에 올리고
푸르뎅뎅하게 멍든 봄날 보내셨지

하루해는 언제나
온몸으로 기우는 것이어서
함지박에 별을 이고 달을 지고
덩그렁 덩그렁, 워낭소리로 힘겨우셨지

파릇한 청춘 벅벅 문질러 살았던 삶
봄만큼이나 자식 자랑하셨던 마음자리
아스라이 사라지는 기억 붙잡아
한 소끔 꽃으로 피어오르셨지

＞
　곰살맞은 자식 위해
　흔들리는 세상 바르게 서라 하셨던
　그리워서 뜨거웠던 말
　길 위 풍경으로
　끝내 곁 지키고 있었지.

봉선화

울 밑 장독대 옆
꽃분홍 저고리 곱디고운 엄마 닮았네

꽃잎 한 움큼 빻아
여린 손톱 물들이며
첫눈 올 때까지 간직하자던 봄날의 약속

겹겹이 여민 꽃잎에 구구절절
그립다, 사랑한다 새겨놓은
엄마의 마지막 꽃 편지

슬픈 사연 알알이 이슬 맺혀
눈시울 붉히고 있네.

손맛 베끼기

삼월 삼짇날 오시
장독에서 일 년 농사가 시작된다
볕의 표정 읽어 손끝에 담아내는 맛의 향연
평생 써온 금서 같은 기억들이 새는 시간이다
지금까지 아무에게도 누설하지 않았던 비법
한 눈 질끈 감았다 떠 가늠하는 물의 염도
아무리 그래도 이건 아니다 싶다가도
고춧가루, 메줏가루, 엿기름, 찹쌀풀
늙수레한 함지박에 촘촘히 부려놓고
붉어질 때까지 질펀하게 허우적거리는 잣대의 농도
짜지도 싱겁지도 않은 것이 가장 실한 맛이여
그 의미의 맛 어린 며느리는 알 턱 없고
어머니의 밭에서 익어간 인고의 세월까지
빼곡하게 기록해 둔 배불뚝이 항아리와
구름 반쯤 베어 문 입 큰 항아리 속
어머니의 일 년 농사가
감칠맛으로 영글고 있다.

부지깽이나물

잘 차려놓은 제상에
나물 하나 더 올립니다
세파에 나부끼며 잘 자란 터전 한쪽
오래 잊혔던 컴컴한 망각에 불 켜고
내게서 네게로 또 다른 너에게로
밀고 들어오는 안부가 많은 저녁입니다
그래 그랬어, 그때는 그랬지
형제들 둘러앉아 담방담방 피기 시작한 이야기 속 엄마
아침밥 짓다가도 불현듯 화 치밀었는지
서쪽으로 가신 아버지께 돌직구 날리십니다
부지깽이 장단에 치맛자락 타는지 모르던
걸진 한풀이 깨알처럼 터트리다가
육거리 장단에 푸념으로 사그라들기도 했던,
그런 날엔 온종일 비가 내렸고
엄마의 눈에 걸려드는 나의 게으름
학교 늦겠다, 지집애가 게을러서 어디에다 쓰겠냐
푸릇한 내 청춘 점령했던 지긋지긋한 잔소리
가끔은 휘발성을 잃곤 합니다
오늘, 제상에 올리는 부지깽이나물
오래된 유년 들쑤시는 씁쓰레한 추억 하나
툭, 건드립니다.

진달래꽃

너 없이 어찌 봄이 오겠는가

성묘하러 가는
신작로 가로지른 오솔길
봄 피워내고 있지, 너는

나 어릴 적
아버지의 지게 발채에 얹혀와
좁다란 책상에 이른 봄 먼저 피워냈지

지금도, 산기슭 양지바른
한 뼘 자리 연분홍으로 자리 잡은 너는
아버지의 쉼터에서 울컥하는
그리움의 이름이지

어찌, 너 없이 봄이 가겠는가.

봄봄봄

무서리 꽃 하얀 아침 길
어머니는
봄 따러 나가셨네

어디에 숨었을까
숨바꼭질하는 봄
터벅터벅 발소리
꽃바람 까르르 꽃비 내리겠네

어디에 숨었을까
햇살 닮은 어머니의 미소
쑥 바구니에 가득 담아오겠네

사분사분 어머니의 발걸음
아지랑이 하롱하롱 묻어오겠네.

몽우리

그것은 내면의 완성

모든 생명의 의미이며
한 생애 어둡고 칙칙한 터널
관통한 꽃 트림이다

그것은 세상 바라보는 눈

세상 향해 두 주먹 불끈 쥔 용기이며
가슴에 옹이 더듬는 푸른 젖줄
심장에서 뿜어내는 꽃말이다

그것은 지구 반대편으로 날아간 별

등 마디마디
슬픈 색 지우며
한평생 떠나는 것이다

그것은 비워야 채울 수 있다는
여린 생 털고 웃음 툭,
터짐 기다리는
초경의 설레는 이름이다.

봄이 오는 길목

우울은 겨우내
여윈 은행나무 가지
표정에 걸린다

하늘빛은 구름에 숨고
어둑한 회색으로 흩어져
골목마다 깊은 사유 내려놓는다

뿌연 안개 툭툭 털어
겨울 흔적 지워가던 바람
담 밑에 엎드린 텃밭에
그리움처럼 박혀 있다

부르튼 허공에 쉼 없이
날갯짓하는 빗방울
적막한 가슴, 내 눈물 훔치듯
후두두, 유리창에 낮은 리듬으로 읊조린다

겨울잠에 젖어 있는 풀꽃
두들겨 헤집는 비의 아우성
봉긋한 배꼽 산 둔덕 새싹둥이
꽃 멍 불그레하다.

오월을 쓰다

초록은 오월의 배경

색 완성하기 위해
신작로 가로수 이팝 털고 쭈욱,
푸른 줄기 밑줄 긋는다

한나절 햇살 긴 더듬이로
새들의 언어 관장管掌하니
문장은 쾌활해져
싱그럽게 리듬 탈 것이다

이 고운 연두
이팝 틴 생각 완벽하게 표현할 수 있을까
들어서는 순간, 빠져나가는 사유
나뭇가지 엎드린 여린 잎들
자박자박 초록빛 가두어 놓는다

쓸데없는 바람의 재채기에
원 그리던 풀잎
지상에 허락받은 푸른빛 옮겨 적으니
장미는 비로소 붉은 입술 연다
사랑 좇는 여인들의 손에서.

매화의 전령사

아직 이른
봄 튀겨 놓았을까
꽃샘바람 타고
고소한 향기 지천이다

뻥이오
팝콘 튀듯 터지는 소리
놀란 아이 엄마 치마 품에 숨고
눈망울 같은 꽃 반짝 이쁘다

뻥이오
해거리로 몸살 하던 뻥튀기 아저씨
지난해 꽃 진 이별 까맣게 잊고
굽은 어깨, 꽃비 젖는다.

수선화

걷다가 한 번쯤 그리웠다
말을 해도 좋으련만

기다릴 줄 모르는
그래서 붙잡을 수 없는,
떠나가는 너를 수없이 보냈다
햇살 얼기설기 내려앉은 연산역 벤치에서

비 오다 갠 파란 하늘
꽃도 피고 지는 건 시 같아
너 안에 꽃 피어, 나도 따라 핀다
물에서 건져낸 나르시스
꽃들이 지나간 숲에 우거졌을 기억

기다리지 않을 너에게 간다
언 땅 바람이 할퀸 연둣빛 자리
노란 꽃 얼룩 지우며
지고 말 그 길
온몸으로 간다.

복숭아나무

머릿속 정리하다

겨우내 웃자란 생각 자른다

앗, 외마디 외침

수북이 쌓이는 꽃무덤

등뼈 마디마디 부풀리다 접질린 자리

복숭아뼈 벌겋게 부어오르듯

통증 깊은 곳에

자란 꽃 선명하다.

2부

여름의 랩소디

숲속에 나비 날자
그윽한 풍경 푸르고 깊다.

낙타의 거울

문 열면 타원형 속에서 흘러나오는 서너 평짜리 방엔 여
자가 산다 난 소소초 찾아 헤매다 지친 몸 누이던 고비사막
의 낙타 떠올리고, 넌 뜨거운 태양 아래 꿈 태운 빛으로 어
제의 얼굴 씻으며 황혼 이고 오는 여자 생각한다 난 널 모르
는데 넌 날 기억하고 어제와 오늘의 경계 빗질해도 찾아드
는 골진 이마 어둠의 실마리 흔들어 깨워도 새벽은 고요하
여 멀다 밤새도록 뒤척이던 독백 같은 말들 털고 오늘을 곱
게 분칠하여 내일의 밥을 짓는 여자 나는 보았다, 너 닮은.

지지 않는 꽃

금지된 숲 철조망
꽃의 침묵은 녹슨 철모의 몫으로 기억된다
깊이 알 수 없지만
슬픈 역사는 가슴에서 움트는 것이어서
구멍 난 철모 사이로 꽃 한 송이 피어난다
겹겹이 쌓였을 세월의 덮개 들추면
폭풍우처럼 빗발치던 포화 소리 들려오고
어머니께 곧 다녀오겠다던 인사말
못다 핀 이야기로 귓전 맴돈다
스무 살이 아흔 넘길 동안
발목 절이도록 뻐근한 세월의 무게
견디고 견딘 꽃들
수없이 호명되고 싶었던 이름
들을 수 없었기에 가슴에 묻어야 했던
흔들고 흔들리는 아직도 앳된 얼굴
철모 뚫고 꽃은 피어나는가.

접시꽃

장미 지운 저녁 비가
밤새 퍼덕이더니
아침 안개 통과해
꽃잎에 머금고

가난 때문에 멍든 꽃잎 툭툭 털어
노란 속내 다 드러내며
올망졸망 사랑 피워냈을 어머니

흙의 젖줄로 밀어 올린 접시꽃처럼
나를 키워 바람에 심고
빗길로 떠나가신지 어언 삼십 년

당신처럼 살지 않겠다고
내 가슴 지그시 밟던 시간
비로소 여름날을 뒤척이며 출렁이던
그리움 저편 눈시울 적시던 선홍빛
문득, 그때가 보인다.

아버지의 들녘

하루치의 태양이
서산 향해 걸으면 들판으로 나가
짙푸르게 밀려오는 기억 하나 더듬습니다

잊은 듯, 잃어버린
묵은 발자국의 잿빛 얼굴
바람에도 떠나지 못하는 이름입니다

힘겨워도 내려놓지 못한 짐
땡볕에 그을린 어깨 한쪽이 기울어
소주병으로 평행을 잡던
그 모습, 눈물겹습니다

지금 어디쯤에 계신가요
두근거리는 가슴에 손 얹으니
푸르게 푸르게 화답하는 들판
나, 이렇게 죄인처럼 서 있습니다.

제망제남가 祭亡弟男歌

산봉우리 돌아 이어진
삼십 리 남짓 도래솔 길

저 푸른 유월의 산하
붉은 청춘 품고 누웠구나

금방 돌아올 것 같아
며칠 밤 비바람처럼 서성이던 날도
산하에 온통 붉은 철쭉꽃 피었구나

잘나
나라에 바친, 꿈 많던 짧은 생
너에게로 가는 길은
저 산모퉁이 눈물로
굽이돌던 삼백예순날

오늘
지천에 양귀비꽃
붉은 심장 딛고 일어선 하늘
눈물로 얼룩질까 하얀 그리움 달고
너에게로 가는 길은
저 산 돌아도 천 리 길.

비의 왈츠

온통 세상이 공연장이었지

하늘 떠받든 구름이 조금씩 흔들리자
우린, 관람하기 좋은 자리 찾아
창가로 당겨 앉았지

한바탕 바람이 무대를 쓸고
서막 알리는 개밥그릇의 난타 소리
아다지오 통과하는 알레그로
피아노 건반 위에서 뛰어놀았지, 경쾌하게

노래가 되지 못한 음표
밭고랑에 습하게 잦아들고
화분 속 사막의 갈증 비우던 꽃잎
다투어서 춤, 추었지
비나리, 비나리, 찰방찰방

음의 배열 바뀌어 완성되는 비의 율격
말갛게 갠 유리창 너머에
피아노 소리로 짙어지는 계절
풀빛에 자막처럼 흘러가고 있었지.

감자꽃, 그도 꽃이었다

하늘 환해
안 먹어도 배부른 오후

사랑 심던 굽은 손길로 하얗게 툭툭
분질러지는 통점들
낮달의 체온 빌려 상처 난 몸 덮혔지

비 갠 날의 풍경처럼
오랜 부대낌으로 둥글어진 생채기
뼛속까지 견디며 그렁그렁
네 안의 속내 부풀렸지

난 알았지,
일찍이 들어본 적 없는
푸른 지면에 꺾인 알량한 욕심
홀가분하게 비워내고서야
그가 사는 이유를.

개망초 핀 날

숲, 나비 날자
그윽한 풍경 푸르고 깊다

뜨거운 유월의 입김
통제하지 못한 장미는 담을 넘고
꼬리 흔드는 강아지풀에
산딸기 붉어 서녘 하늘 익힌다

짙은 혈맥의 바다는
짭조름한 바람의 속내
툭툭 떨어 솔가지에 널고
은갈치 유영하듯 세상 환하다

숲은 별과 꽃 구별할 줄 알까
싸리 빗자루 싹싹 쓸어 모은 듯
하늘 꽃밭에
대롱마다 별꽃 무리 진다.

사랑은 떠난 뒤에 온다

한 계절이 서산 자락 베고 누워요

참나무의 푸른 숨결 깊은 침묵 묻고
별 아래서 촘촘히 하루 완성하죠

나의 여름은
해마다 너 보낸 자리에 가을볕 들이는 일
그리하여 무성해진 한 시절 오르는 일이죠

당신은 알까요
너의 육체는 팔월의 붉은 장막 밀고
내 영혼은 밤마다 너의 담장 넘는다는 것을

갈바람이 오고 있어요.
내일로 이어지는 저 산자락
푸른 것 노랗게 문질러 물들이듯
꽃 하나 하늘하늘 노을로 필 거예요.

수요일엔 기차를 타요

일기예보의 표정을 살펴요

노란 장화 신은
기상 캐스터는 비 부르고
촉촉이 젖는 그리움은 한 뼘이나
자라 플랫폼 서성이죠

미쳐야 살 수 있다면, 불나방처럼 모든 걸 걸고
불에 뛰어들 자신감 없이 용기 꿈꾸는
어쩌면 한 번쯤 가슴 뛰는 사람이 되어
신발 끈 묶어요

기차는 숲으로 들고
그가 울고 간 터널의 깊이와
한세월 푸르게 기록된 사연을
난 어찌 다 읽어 낼 수 있을까요
오래도록 땅속에 잠겨있던
저 속울음의 마디마디를

은밀하게 속내 열어
이정표 없는 쓸쓸한 숲 끌어안고
우린 서로 다른 생각으로
긴 하루를 차창 밖에 흩뿌려요.

예감

비가 내렸어요
가끔은 햇살도 비추었지만,

검은빛만 쪼여요
커튼 걷고 백열등 켜지만
세상은 온통 그림자만 번식시켜요

담벼락에 핀 장미의 무리
눈물로 얼룩 씻고
울음 속 붉은빛만 거두어요

때때로 찾아드는 슬픔
기억 속 감옥 완성하죠
창살 없는 감옥에 갇힌 난
무너져 가는, 결국 날카로움

오늘은 어제 감각으로 쏟아져
강 이루지만
스치는 잡념들 파도로 너울져
위험한 상상만 덮어가요.

커피 익던 날

친구가 루왁 커피라 했다
고양이의 속내 뜨겁게 발효시켰던,

그동안 수신하지 못했던 이야기가
먼 태평양 건너와
내 식탁에서 익숙한 소리로 그립다,
그립다며 끓고 있다

씁쓸하게 볶아 시큼하게 건네던
마지막 우리의 안부
떠난 뒤에도 무성하게 자라
촘촘히 내 안에서 깊어질 땐
한바탕 스콜처럼 보고 싶다,
보고 싶다며 쏟아지고 있다

그런 날엔
늦은 저녁 창가 모서리에 앉아
불 켜지는 소리에도 마음 베어
지그시 내 가슴 밟고 가는 그대
오늘만큼 마음껏 좋아해도 좋으리라.

백일홍

오랜 침잠의 날 보낸 걸까

귓가에 일렁이는 물이랑의 슬픈 노래

눈물 번져 펄럭이던 자리

나비 내려앉으니 꽃으로 피는 여인.

큰 꿈은 꿈이 아니다

저 산 너머 시인들이 산다기에
밤마다 오르는 꿈 꿔

산기슭 호박 닮은 집 짓고
꽃향기 싱그러운 날 오면
햇살 잘 차려놓은 채소와 꽃으로
멋진 식탁 꾸며놓고 시 한 소절 읊조리며
에스프레소 롱 블랙 마시는 상상을 해
단풍잎 오르는 길목엔
산짐승이 저장해 놓은 알곡 한 주먹 빌려와
그대 위해 저녁상 차려도 보고
주단처럼 달빛 길게 드리워지는 밤
강가에 앉아 풀벌레 소리 들으며 밤새도록 노닐다
아침 해 중천에 떠도 눈 감아 주겠지
가끔, 구름이 내 슬픔 물어 와 울어 준다면
빗소리 음악으로 들으며
너에게 들꽃 가득한 편지 쓰기도 하겠지,
꿈꾸는 날엔.

나른한 오후의 풍경 읽기
— The Manila bay cafe

찻집은 바다의 풍경
유리창 사이에 두고
커피는 파도 소리로 끓고
바다는 커피 향 음미한다

야자수 길 따라 걸으면
찻집은 바다 따라 펼쳐지는 풍경
썰물 날 듯 밀물 드는 사람들
비릿한 커피 마시며
파도 같이 수다로 일렁인다

파도의 언어로 재잘대는 바다
시어 하나 낚지 못한 텅 빈 포구의 민낯
갈매기 포롱포롱 날갯짓
끼억, 끼억 잠시 설웁다

해풍에 이글거리는 태양
야자수 그늘에 숨고
지나가는 고된 발자국 유혹한다

한낮의 축제 끝나가는 해거름
구름 익어 나풀거리고

별들도 하나둘 바다로 가 누울 시간
고요가 부유하는 찻집의 외등
졸음만 쫓는다.

3부

가을의 랩소디

바람의 둔덕엔
오래된 그리움이 햇살처럼 펼쳐집니다.

수덕사에서

나무가 풀어놓은 그늘과 버선발로
마중 나온 꽃들 있어 정겨운 산사
담장 휘어 감는 개울물에
이끼 낀 마음 헹구고
나의 비루함에 촛불 들어 머리 조아리니
번뇌와 번민 사이에서 잠깐 동안
인간은 믿음과 관계없이 충분히 종교적일 수 있다는
씨알머리 없는 내 발칙함에
미동도 없이 서 있는 대웅전 앞 노송
구름에 걸려 현기증 앓았을 터
너의 여름은 너그러웠는지
붓끝에 피지 못한 묵향 손끝에 시들어
황량한 마음 문지르건만
저기, 저 노승은 한 생애 저물도록 붉고,
얼마나 많은 사리 품었기에
저리도 청청할 수 있을까
땅거미 내리자 돌계단 오르던 담쟁이도
하루 등진 채 생각 내려놓을 시각
흔들리고 흔들렸던 여인, 적막 짙어지고
면벽 수행 들고 있다.

어머니의 뒤란

두어 평 남짓한 집 뒤꼍
생전에 좋아하셨던
가을이 먼저 와 기다립니다

쑥부쟁이 다복다복 수 놓고
억새 징징거리는 소리에
화살나무 붉게 익어갑니다

문패 없어 담장도 없는,
계절이 피었다 지고 지었다 폈을
바람의 둔덕엔 오래된 그리움이
햇살처럼 펼쳐집니다

어머니!
올해도 어김없이
가을은 왔는데 돌아올 길 없고
울새 속눈썹 습해
차마 발걸음 떼지 못합니다.

꽃이었던 이름

어떤 하루였는지
물으며 길을 갑니다

허공에 슬픈 자국 긋고
흩어진 바람 가슴에 젖으니
서녘 해도 붉어져
들판에 묻어갑니다

떠나야 할,
그래서 잊어야 할 말들
가슴에 새긴 화석 하나
소주잔에 별빛처럼 일렁이다
물 냄새로 가슴에 쌓여갑니다

사랑한다는 마음
망각의 세월 속으로
던져 놓으렵니다
우리라고 묶을 수 없었던
아픔 쓰다듬었던 말

바람이 가져간 시간 깊숙이
그립다 접어놓고

조용히 눈 감아봅니다
내 안에 꽃이었던 이름
눈 감아야 볼 수 있는.

가을 노을

갈빛 기댄 담장 아래
죽을 듯 숨 가쁘게 눕는 너

다시 꽃 하나 피울 수 있다면
불씨 같은 씨알 한 움큼
네게 뿌려 보렵니다

바람의 이야기 듣다
잠시 가슴 풀어놓고 벌겋게 달아오른 넌
허공 태우다 상처마저 부르튼 자신을 봅니다

서녘 흥건히 적시는 천상의 서시처럼
악몽 꾸던 시간 빠져나오는 저녁
못다 읽어낸 문장 가을 놀로 읽어 봅니다

어둡고 습한 곳에 자란 언어는
떠남으로 완성되는 그리움입니다

네 안에서 또 다른 나를 지우듯
서둘러 메마른 꽃잎 거두어 가는 놀
열심히 살아온 하루가 먼 우주 건너
네게로 와 물들입니다.

아침이 일어선다

어둠 건너는 이, 누가 있어
샛강에 안개꽃 우거진다

그 무성한 심장 더듬는 산국과
그림자처럼 박혀 있는 은행나무 가지에
어슴푸레한 새벽의 표정 걸고

아침이 일어선다
한밤중 빠져나온 오솔길
그 어디쯤에서 말갛게 씻긴 어둠

내 식탁엔 그리움에 호명된
화차花茶가 가지런히 놓이고
유리창에 번지는 엷은 미소
투명하게 아침 햇살 닦는다

창밖, 푸른 것들의 체관 찾아
여름의 흔적 지우는 몇 그루의
갈참나무가 눈에 들어오고

이 움트는 태양
고독한 하루치의 열망 내주며
한 마디 가을 아침의 경계 건넌다.

들녘에 서서

저 큰 산등성 끌어안고
옹골지게 사는 나무들
가지 끝에 불 지펴 꽃 피웠으리

꽃을, 꽃으로 보지 못하는 슬픈 사연

샛강으로 흐른다
물과 구름과 바람 그리고
수많은 생명 먹여 살린
들녘의 마지막 풍경 간직한 채

먼바다로 간다
우리의 남은 생은
계절 견디고 견디어
한적한 산사의 담장 적시고 흐르는 개울물처럼

구름에 스쳐간다
남루한 옷 빌려 입은 허수아비처럼
지친 날개 꽃 떨어진 꽃대에 널어놓고

기다려 볼까
허우룩한 봄날

흐드러지게 피는 들꽃이라도

그 길까지 가보아도 좋을까.

가을 민들레

가을에 뒷덜미 잡혔는지
철없는 꽃의 낯빛
뭇 풀 속에서 애잔하다

길섶의 따스한 체온 찾아 누운
늙은 들고양이처럼
네 안은 웅숭깊다

한낮 노랗게 흔드는 꽃의 환시
가을과 겨울 사이에
네가 있어 하늘빛 시리다

바람의 잠언 떠올리던 순간
계절 망각한 날들은 메아리처럼
다시 돌아와 나를 또 다른 기억 저편에
오래도록 세워 두었다.

해바라기

꽃 하나 들였지요
한낮에도 어둠 자라는 거실

기다렸다는 듯
내 안에서 태양처럼 뜨겁고자 했던
한때가 구석구석 환하게 비추네요

얼마나 암막에 가려진 날들이었을까

고흐의 계절
몇 줌 햇살과 노란 물감 흩뿌려
심고 간 해바라기

옹벽에서 절정의 생 피어나네요.

그, 카푸치노

짧은 만남

파릇한 떨림으로

시나몬의 경계 매만지며

피어나는 커피 향

너의 존재가 또 다른 의미로

내게 잠식되는 순간

불면의 기억에 감정의 사치만 쏟아놓지.

커피의 문양

입술과 입술

들숨과 날숨에 피었다 사라지고

잠시, 칼디의 가슴 촉촉이 적시다

전설 속에 묻어둔 사랑

혀끝에 말려 올려진 시간만큼

향기로 되살아나는 문양文樣이여.

떠난다는 것은

햇살이 바스러져
허허로운 날엔
누군가의 의미가 되어
떠나고 싶다

그 길 위에서 만나는
모든 것을 사랑하다
기약 없이 이별할 때
하염없이 네게로 가고 싶다

어쩌면 생은 장엄한 침묵
눈 감아 가슴 열고
내 환영 바라보는 풍경

허상에 집착하지 않고
진실이란 믿음으로 돌아와
말갛게 씻긴 은사시나무로
서 있고 싶은 것

때론 떠난다는 것은
비우고 이별하다 새겨진
삶의 주름진 문양

푸른 핏줄로 녹여 지워질 때
쓸쓸한 우리로 추억하는 것이다.

별리別離의 순간

파르르 떨리는 찰나
섬뜩한 직관이 불안을 끌어당기고
저녁은 어둠 향해 달아나는 순간에도
천 개의 기억 놓지 않는다

어떤 세상이 기다리고 있을지
온갖 두려움으로 차오르는 밤
차갑게 떠나고야 감지되던
덤덤한 사내의 속정

앗, 정전이다.

마지막 사랑

불안은 안개주의보를 급습해 버렸다
한 치 앞도 분간할 수 없는 지표면 위
불빛들 직선 꺾어 토막 난
희뿌연 우려들만 내려놓는다

무거운 습기가 온몸을 끌어안는다
나이테 두르지 못한 나무들
머리 풀어헤치고 서성이다 사라지는 그림자
벼랑 끝 들국화 오열하며 노란 눈물방울 번식시킨다

빛은 가벼워 습하게 젖고
서서히 눈 뜨는데
세상은 아직도 어두워 눈멀다
온갖 소리에 촉 세운 몸 자욱한 안개의 전생 통과 중이다

안개는 하루살이의 사랑
햇살 품었나 보다
지독하게 사랑하면서도 이별 숨겨놓았다

지새는 달 하나 떠 있다.

결혼에 부쳐
— 조카의 결혼을 축하하며

이 사랑 어디서 왔기에
살아가는 이유가 되어준 당신
저 멀리 빛나는 별 하나
함께 바라보며 걸어가리

오늘, 약속의 날
둘이 하나 되고
내딛는 걸음마다 햇살 내리어
눈부시게 아름다운 두 사람

이토록 아름다운 날
사람들은 말하지
사노라면 어찌 좋은 날만 있으리
꽃 피고 져 허전한 날도
비 젖어 쓸쓸한 날도 있다고
그런 날에
두 손 꼭 잡아 건네는 따스한 말 한마디
함께하는 날들은 행복하리

수많은 사람 중에 오직 한 사람
하늘이 정해 준 귀한 사람
오랜 기다림 끝에 만났으니

큰 나무로 자라 푸른 그늘이 되고
사람들의 꽃이 되어
작은 사랑의 씨앗이 열매 맺고
더욱 짙어질 수 있도록
정성 다해 가꾸어가리.

띄우지 못한 편지
— 엄마에게

당신을 보냅니다
때아닌 비가 흐느껴
막바지 가을도 단풍잎 떨구며 당신 따라갑니다
사랑한다는 말 가슴 벅찬 일이라
차마 입에 담기엔 나는 철이 없습니다
지상에서의 인연 여기까지임을 아는 까닭에
웃으려 애쓰시던 모습 눈물겨워 애처롭습니다
부랴부랴 떠나야만 했던, 하여
좋아하셨던 것들의 이름 하나하나 호명해 보지만
어쩔 수 없음에 하늘도 염려하여
소리 없이 울고 있나 봅니다
당신이 허락해 함께 했던 몇 주의 시간
무엇과도 바꿀 수 없는 추억이었기에 소중합니다
평소 흠모했던 단풍나무, 들국화 지천인
너른 둔덕 아버지의 숲은 안녕하신지요
당신 보듯, 가을 기다리듯
참, 그립습니다.

4부

겨울의 랩소디

내 안에서 새 한 마리 꺼내 놓아줍니다.
공중 떠돌다 내려앉거나 흩어지는 저 무리의 꿈

거대한 저녁

연필 대신 젓가락 들고 간다
하루치의 이야기로 살다 온 사람들
각자 들고 온 주제가 저녁상에 차려진다
지지고 볶던 일상의 소재들
풍문으로 들었다던 전설은 서술로 살아나고
고양이의 꼬리에 꽃대 올리는
쪽방의 저녁은 시 닮았다
해 넘어가자 오늘의 시문은 격동하는 바다
함부로 고개 내밀다가는 파도에 휩쓸려
깨지거나 부서지기 일쑤다
긴장감이 경건하게 오가는 자리
지느러미의 싱싱한 문체들이 삭히어질 때까지
물결의 행간 누비던 저녁은
다분히 역설적이어서 홍어의 살점은 붉어서 푸르다
낱낱이 해체되는 문장
쉼표, 길게 찍힌 홍어 납작하게 여미어져
결 좋은 방향으로 몸 누인다
밑줄 그었던 흔적은 꼬리의 독 잘라낸 비문
시린 눈에 바다 들이고 구미 당기는 사람들
역시 꼭꼭 씹어야 제맛이야,
그대의 톡 쏘는 말에 와자지껄 꽃은 피어
겨우 하루의 반환점 돌았을 뿐인데

가난한 난,
한 번도 맛보지 못한 저녁에 표류한다.

새떼가 겨울을 밀고 있어

쉿!
한 계절을 물고 오른다

묵은 거 내려놓고
언 땅 까치발로 서서
겨울의 경계 찢는 나래짓

푸드덕, 하늘이 걸려들고
부리가 볕뉘 몰고 와

몽우리와 봉우리
나무와 또 한 나무 사이
자드락에 내려놓는다

겹겹이 숨겨둔 숲
비릿한 백색소음 울울창창
퍼덕이는 것이어서

옆구리 늘리는 나도밤나무
오롯이 품었던 날개 돋고
산, 산산이 깨어나는 것이다.

동안거 冬安居

소슬바람
나무 사이로 서성이자
농부들 헐렁한 옷매무새 여미고
종자로 쓸 씨앗 골라 놓는다

사람들 돌아간 텅 빈 들녘
가을의 행간 핥는 나무들
빛바랜 옷 홀홀 벗어 던지고
긴 침묵의 여행 떠난다

나무, 계절로 나부끼다 흘러도
제 갈 길 묻지 않는 법

산사에 걸린 목어의 마른 울음도
아득한 잔설 지나 잠복기에 닿을 때
비로소 따스한 바람 여물고, 머지않아
다가올 봄 파릇하게 잉태할 것이다.

아버지

눈 덮인 지붕 아래
이야기꽃 피는 화롯불엔
노릇노릇 가래떡
추억으로 익어가고

아버지의 헛기침 소리에
심지 곧은 등잔불은
한지 창에 따스한 아버지의 미소
한 점 그려 넣는다

떡 굽는 구수한 냄새에
잠자던 아이 하나둘
아버지의 화롯가에 모여
연필로 춤을 춘다
기역 니은, 더하기 빼기

그렇게 구구단을 외우던
책가방 속 궁금해하셨던 아버지
당신과 난
멘토와 멘티의 관계

아이는 더이상 아이가 아니고

당신이 살아온 날보다
더 많은 세월 살아왔건만
늘 당신 앞에선
그때 그 시절 아이입니다.

폐경기

출산 멈춰버린 검은 바다
희미하게 흐르는 별빛은
바람에도 쉽게 부서져
낡은 폐선에 소복이 쌓인다

얼마나 많은 별이 쓰려져 왔던가
나는 오늘 낡은 폐선에 박혀 간
별들의 긴 이야기를
파도로 들으려 한다

태어나 반짝이다 사라져간
모든 꿈 풀어놓아도
흙이 되지 않을 태초의 요람
굳게 닫혔던 바다가 밤하늘 품어
상처의 아픔만큼 출렁인다

비바람 끌어 앉고
뽀얗게 제 속 뒤집어 가는 바다
아련한 그리움에 젖는 난
어머니의 가슴만 만지고 있다.

지금, 방동 들녘

찬 이슬 적시던
아버지의 발자국이 벼 이삭에 영글면

된서리에 날 세운 콤바인 소리에
허수아비 남루한 옷 벗어 길 떠난다

서릿발에 농익어 가는 가을
누렇게 퇴화하는 건 계절의 잔상

논배미 이랑이랑 핥고 간 들녘
하늘 베고 누운 초승 달빛과
목청껏 울어대는 풀벌레 울음만 쌓인다.

시 농사

산다는 것이 무어냐고 묻자
느낌표와 물음표 쉼표와 마침표 섞어
심상 관통해 은하수로 쏟아지는
세상의 씨방들
흰고래 산다는 심해 헤엄쳐
언어의 물결 보듬어 백지에 부려놓으니
산호처럼 돋아나는 황홀경
울림으로 조합되는 언어는
한 줄의 시행 되어 시공간 넘나든다
행과 행 사이 정성스레 가늠하니
까만 연밥처럼 익어가는 시어들
농부가 곡식 수확하듯
개구리울음 자양분으로 키워가는 마음 꽃
쭉정이 벗는 알곡 진 시어들 툭, 쏟아놓으면
시인들도 시 농사짓는 것이리.

꿈의 여행자

한 계절에 닿고자
길 떠납니다

눈발이 산촌의 먼 불빛들
하나씩 삼키어 하염없이 길 막아 세웁니다

눈은 눈을 덮고,
눈이 눈 속에 묻히고,
눈은 또 다른 눈을 뿌옇게 밀고 가는 밤입니다

어둠도 순백인 세상
그 세중世中에 이내 물들지 못하는 내가,
내 안에서 새 한 마리 꺼내 놓아줍니다

공중 떠돌다 내려앉거나 흩어지는 저 무리의 꿈

두고 온 발자국 찾아 헤매던,
지웠던 이야기들이 자꾸만 눈에 밟혀
눈 뜰 수가 없습니다.

길 위에서

눈이 내립니다

서울 어느 사거리를 닮아 있는,
낯섦 때론 낯익음
여기는 어디입니까
내 하루는 공중 날다 폐허가 된 어제

견뎌야 할 내일은
무의미하게 표정 없으므로
오늘이 지나갑니다
가끔은 의미 있는 미소가
걸어 오지만 받지 않을 작정입니다

길 건너 스타벅스
불멸의 시차 걷고 세계의 눈동자와 마주하는 갈등
출혈된 눈빛 털고 당당하게 커피 삽니다
삼 달러짜리 커피 들고
뉴욕 거리 활보해 볼까요

저 이방인은 나를 로컬처럼 말을 건네요
애초부터 이방인이었을 저 사람
또 다른 이방인인 난

오랜 시간 앓다 구겨진 종잇장 같은
건널목에 서서 편지를 써야 할까 봐요
그대가 보았을 첫눈
내가 본 눈이었을까요.

눈은 내리는데

밤엔 서로 뜨겁게 안았으나
서럽도록 추웠고
밖엔 눈 내리는데
허연빛으로 살다간 시간을 헤는

지금,
그 어떤 내면의 기억일까
창문에 매달린 무수한 별들이
싸늘하게 여위어 사라지고

찬바람도 뜨겁게 적시던,
내 곁에서 한 가닥 살다 간
바람쯤으로 기억되는지

긴 세월 견뎌온 별이
물이 되어 고이고
아프도록 아련한 기억들
눈동자에 박혀 붉게 물들고 있다

겨울의 바람 잔 숲 털고 와
꽃이 되었을 이름
봄을 꿈꾼 푸른 죄는

눈으로 쌓여 반짝이는데

슬픔은 밤마다
그리움 데려와 벼랑에 세우는가
이 가슴 너무 얕아
그대 머물지 못하는가.

스웨터를 빨며

옷장 정리하다 보니
못 보고 삼 년
못 본 척 삼 년
묵직한 세월이 서랍 속에 뒤엉켜 있네

툭 털어 속 뒤집으니
옷깃 스쳤던 사연들이
보푸라기로 붉어져 솔기에 매달렸네

내 가슴조차 자박자박 적셨던 단서들
얕은 물에도 잘 사라지는 거품과
지워지지 않는 얼룩에 대하여
표백제 같은 연민 한 숟가락 처방해 풀어보니

바람이 통과한다
그건 가슴이 바람을 마시는 일
빛이 떠내려가
공중은 바람의 무덤이 된다

비눗방울 흩어져
말갛게 씻긴 하늘
계절 딛고 물구나무로 서 있는 넌,

꽃이 되기도
다시 구름이 되기도 한다.

통영에서

봄 오기 전 꽃잎 떨어졌네

더는 사랑의 편지 쓰지 못하여

길가의 우체통, 망부석 되었구나

동백아, 붉은 입술로 노래해다오

시인의 이름으로.

길 위에서의 잔상

어디에 서 있는 걸까
어디쯤 온 걸까
다가서면 멀어지는 길에 서서

묻는다, 사랑했던 것들에
자유롭지 못한 기억과 흠집 난 언어로
한 생애 뜨겁게 사랑만 하다 가는가

아님, 눈동자 붉게 적시던 희망
그 그늘 너무 뜨거워
꽃은 꽃으로 피지 못해 떨어지거나
대중주의에 편승해
무임승차하는 건 아닌지

내가 사는 이유로 하루 저물어 가도
달빛 곱게 엎질러진 밤이면
심연 깊숙이 잠든 언어 깨워
봄이라도 기다려 볼까.

꽃샘추위

봄 영글어 가던 삼월 어느 새벽 나뭇골에 줄초상 났지요

봄이라고 다 봄인가, 이건 틀림없는 시샘이여 김씨 울컥
하여 담벼락에 기댄 터줏대감 격인 매화 밑둥지 어루만지
며 마른기침 컥컥, 혀도 쯧쯧 차는 것인데 김씨 부인도 벗
어 던진 내복 주섬주섬 걸치고 나와 귀염 토하던 뒤란 목련
사색된 걸 보며 속울음 터지는 것인데 우리 집 것들은 게을
러 아직 겨울인지 봄인지 모를 겨 생각 없이 뱉은 말에 아차
하고 김씨 부부 안색 살피던 박씨 무안하기도 하여 슬금슬
금 뒷걸음치는 것인데 이 광경 지켜보던 동리 이장, 봄과 꽃
은 여자 같아 지들끼리 피고 지고 또 필 것이고 오는가 싶으
면 또 가는 것이니 너무 불쌍 타 말고 울대 없어 울지 못하
는 새 들여 조문케 하고 별 송송 떠 있는 하늘로 보내주자고
하는 것인데,

양력이 음력 삼월 데리고 조문하는 사이, 벌 나비들 삼삼
오오 드나들다 화들짝 놀라 하는 말, 저기, 저 자목련 심지
올리는 것 좀 보소.

에코밸리*

바람의 근원지 찾으러
북쪽으로 뿌리내린 것들 이정표 삼아
마닐라에서 열두 시간 달려 도착했을 땐
이미 바람의 흔적은 보이지 않았다
오후의 햇살이 집요하게 따라오던 구름 밀자
날아오르는 새의 종아리 사이로
부산하게 펼쳐지는 길고 좁다란 협곡
칭얼대던 새의 울음조차 둥글게 말리는
생성과 소멸이 반복되는 곳엔 바람도 신이 된다
신들의 근간은 사랑이었을까
지상의 낮은 시간 속에 살다 신이 된 여인 흠모하여
피었다 지고 지었다 피었을 이고로트족의 시신들
벼랑에 둥그렇게 걸린 시간 위태롭다
숨길 사연 무엇 그리도 많아
깊은 곳에서 자란 솔향까지 바람의 무게로 견뎌야 했던,
떠남과 돌아옴이 하나인 에코밸리
떨어진 꽃잎에도 메아리 투명하게 쌓이는 곳
손 내밀어 바람의 기억 들추는 여인들의 눈빛에
산 그림자 그득히 고여있다.

* 에코밸리: 필리핀 루손섬 사가다 마을 이고로트족의 장례 풍습으로
　　　　　 시신을 관에 넣어 벼랑에 걸어놓음.

웅숭깊은 감성 건져 올리기 위한

나르시스의 자맥질

박주용 시인

웅숭깊은 감성 건져 올리기 위한
나르시스의 자맥질

박주용 시인

> 색의 채도와 빛의 파장으로 심상의 깊이 재고 있는
> 물에 잠긴 수선화
> 어떻게 건져 올릴까 고민하는데
> 바람이 먼저 손 뻗어 팽팽하게 둑 당긴다
> 순간, 햇살 아래 몇 개의 붓이 물속에 익사하고
> 가라앉은 꽃 그림자 맑거나 노랗지 않아
> 나르시스 되는 연습한다
> ― 「나르시스 건져 올리기」 부분

1

  백두대간에서 가지를 뻗어 서쪽으로 내달리다 능선 들어
올린 고만고만한 봉들이 달천강에 여맥餘脈을 웅숭깊게 가
라앉히고 있다. 달천강을 막아 댐이 건설되었는데 우리나
라 최초의 수력발전소라고 교과서에 소개된 바 있다. 충북
괴산군 칠성면에 위치한 이 괴산호는 지명을 본떠 칠성저

수지라 불리기도 한다. 김태숙 시인이 어릴 적 자맥질을 하며 노닐던 곳이 바로 이곳이다. 시인은 그야말로 깡촌에서 태어나 어린 시절을 보냈기에 시시각각으로 변하는 사계절의 빛과 색을 오롯이 느낄 수 있었다. 더욱이 산빛을 사시사철 거꾸로 담아내고 있는 저수지를 휘감아 도는 산막이 길을 걸으며 스스로를 물에 비춰보기도 했을 것이다. 그곳에서 보고, 들은 자연의 풍광과 소리는 훗날 시인의 감성을 깨워 시로 승화시키는데 커다란 몫을 했을 것이다.

지금도 김태숙 시인은 방동저수지가 있는 대전 근교의 시골 외딴집에서 시어머니를 모시고 살고 있다. 한때는 군무원으로 근무하기도 한 시인은 남편의 사업으로 필리핀에 잠깐 거주하기도 했지만 시의 많은 소재들에서 찾아볼 수 있듯 세상살이의 대부분을 시골에서 풀과 나무와 꽃과 더불어 살아왔다. 봄이 되면 밭을 일구어 씨를 뿌리고, 가을이 되면 알곡을 수확하는 일을 게을리하지 않은 천상 촌뜨기이기는 하나 클래식 음악을 가까이하는 기품있는 시인이기도 하다. 이번 첫 시집을 봄, 여름, 가을, 겨울의 랩소디로 편집한 것도 이와 무관하지 않다는 생각이 든다. 랩소디는 악곡 형식 중 하나인데 서사시의 한 부분이라는 뜻도 있다. 어느 인생인들 굴곡 없는 삶이 있겠냐마는 김태숙 시인 또한 삶에 녹록하지 않은 서사가 있었음을 시집을 읽으며 알 수 있었다.

세상은 다양한 사람들이 다양한 시각으로 보고 해석하며 살아간다. 인간사는 다양한 사람들이 만들어가는 변화의 기록이다. 세상 만물이 변하고 또 변하는데 어찌 시만 제자리에서 홀로 움 틔우고 꽃 피울 수 있겠는가. 발랄한 비유를 끊임없이 건져 올려 세상과의 교감을 이루는 일은 시인의 몫이기도 하다. 그러기 위해서는 세상이 내게로 걸어 들어오거나 내가 세상 안으로 들어가야 한다. 내가 풀과 나무와 꽃들 속으로 들어가 그들이 되어 그들의 눈으로 세상을 보는 것이다.

　김태숙 시인은 투사投射와 동화同化의 방법으로 시 창작의 자맥질을 끊임없이 해오고 있다. 꽃을 건져 올리기 위해서 나르시스가 되기도 하고, 꽃이 되어 나르시스를 건져 올리기도 한다. 시적 대상은 무수히 많은 것이어서 또 다른 나일 수도 있고, 나 이외의 다른 존재일 수도 있다. 시인이 끊임없는 자맥질을 통해 시적 대상과 교감하려는 이유가 무엇인지 그녀의 시편을 하나하나 음미해가며 밝히고자 한다.

2

　옥타비오 파스Octavio Paz는 『활과 리라』에서, "시는 다수의 목소리이면서 소수의 목소리이고, 집단적이면서 개인적이고, 벌거벗고 치장하고, 말하여지고, 색칠되고, 씌어져서, 천의 얼굴로 나타나지만 결국 시편은 빔-인간의 모든 작위의 헛된 위대함에 대한 아름다운 증거!-을 숨기고 있는 가면일 뿐이다"라고 하였다.

　이 시집의 대부분은 김태숙 시인의 자전적인 삶을 탁본한 시 편으로 구성되어 있다. 그것이 비록 가면이라고 해도 시 안에서 목소리를 내는 시적 화자에 주목할 때, 우리는 이미 그가 연출하고 연기하는 무대와 언어에 젖을 준비가 되어

있다. 일요일 저녁에 방송되는 인기 예능 프로그램인 '복면
가왕'에서처럼 가면을 쓴 시적 화자인 퍼소나persona를 바
라보는 일은 그의 목소리를 듣는 일이며, 동시에 그의 시선
을 따라가는 일이고, 그의 영혼을 공유하는 일이다.

오래된 성전이 발견되었다
허리 잘록하게 동여맨 다리 밑
강물은 만삭이 된 채 섬을 숨기고 있었다
허물처럼 벗어 놓았다던 울음
컴컴한 강바닥에서 어린 마음 낡고 있다
이제, 그만 놓아 주실래요
화석같이 굳어진 말들의 뼈
말랑해질 때까지 비릿한 기억 더듬는다
물빛 깊어져 심박수 늘어나
발긋한 살비늘 강물로 직립한다
엉킨 물살 헤집고 조금씩 드러나는 진실
자꾸만 어둠 속에서 내가 울고 있다
횃불 들고 수런거리는 사람들
건져 낸 울음의 정체 물었고
다투어서 아이의 엄마 예측한다
누가, 다리 밑 기웃거렸던가
꼬리 치켜세우고 축대 걸터앉은 강아지풀과
노란 꽃 팬티 갈아입은 민들레뿐
진흙 같은 바람만 지나가고
오랜 시간 나를 놓아주지 않았던 다리
물 빠진 문양이 풀린 목줄 같아

내게 발목만 남기고 떠난 자리

갇힌 섬이 그리울 때가 있다.

—「엄마의 성전聖殿」 전문

　　수십 년 전만 해도 어른들은 아이들을 어르거나 놀릴 때
너는 다리 밑에서 주워왔고, 너의 진짜 엄마는 지금도 그곳
에서 예쁜 옷과 맛있는 음식을 차려놓고 울면서 너를 기다
리고 있다는 말을 해왔다. 어른들의 그 말을 처음에는 별로
믿지 않던 아이들도 정색을 하고 몇 번씩 이야기하는 어른
들의 속임수에 넘어가 결국은 울음을 터뜨리곤 하였다. 이
런 이야기에 등장하는 다리는 아이가 살고 있는 지역의 다
리를 특정特定하여 말하기 때문에 아이들은 그 신빙성에 의
심할 여지가 없었을 것이다.

　이 시에서 "화석같이 굳어진 말들의 뼈", "말랑해질 때까
지 비릿한 기억 더듬는" 퍼소나persona는 시인이지만 동시
에 시인 자신이 아닌 시인 안의 또 다른 어떤 존재인 '나'이
다. 시인이 창조한 무대에서 혼신의 연기를 보여주는 '나'는
시인이 기억하고 싶지 않은 '나'일 수도, 시인이 그리워하는
'나'일 수도 있다. 그는 "어둠 속에서 울고" 있는 어린 시절
의 '나'를 진득하게" 자맥질하며 "오랜 시간 나를 놓아주지
않았던 다리"의 실체가 "꼬리 치켜세우고 축대 걸터앉은 강
아지풀"과 "노란 꽃 팬티 갈아입은 민들레"였다는 것을 알
고는 "풀린 목줄"처럼 허허로웠을 것이다. 하지만 지금에
와서 생각해 보니 "내게 발목만 남기고 떠난 자리"가 그리
울 때가 있다는 것이다. 다음 시를 보면 시인에게 있어 그리
움은 외로움의 또 다른 이름으로 읽힌다.

벌판에 집 한 채
반생 고스란히 쌓였을 풍경 앓다

오래 방치된 날들이 비집은 틈새마다 세월의 흔적이 등
고선처럼 찍혀있고
유행마저 지나친 형색 더듬으면 함구했던 과거가 잡히
기도 하는

그 싸늘한 입자는 얇아지기 직전의 아픔과 방심 이전의
깊은 곳까지
몸피 부풀렸을 것이다

가끔 늦은 귀가가 있는 날이면
무관심에 쩍쩍 갈라진 굳은살 같은 심사를 들여다보는
일은

세월의 가장 바깥으로 내몰린 기억을 데려오는 것이며
벌어진 안쪽으로 저물고 있는 나를 살피는 일이다

밟힐수록 단단해지는 땅에 두 발로 견디어 본 사람은 안다
중력이 때론 얼마나 많은 인내를 요구하는지를

그리하여 오랜 체념을 견디는
그 안은 많은 이야기가 잠겨있어 사방 험난하다

운명을 잇는 생과 사의 정류장이었고

새로운 출발점일 수도 있었던

그곳은
모두가 아는 패잔병의 뒷모습처럼 생존의 위기를 대물림
하고 있을 것이다.
　　ㅡ「낡은 집」 전문

　가스똥 바슐라르Gaston Bachelard는 『공간의 시학』에서
"우리들이 고독을 괴로워하고 고독을 즐기고 고독을 바라
고 고독을 위태롭게 했던 공간들은 우리들 내부에서 지워
지지 않는 법이다. 우리들의 존재가 그것들을 지우고 싶어
하지 않는다. 우리들의 존재는 본능적으로 그의 고독의 그
공간들이 본질적이라는 것을 안다."고 하였다.
　김태숙 시인은 지금까지 벌판에 덩그마니 떨어져 외롭게
살아왔다. 그곳은 "오래 방치된 날들이 비집은 틈새마다 세
월의 흔적이 등고선처럼 찍혀있"고, "유행마저 지나친 형
색 더듬으면 함구했던 과거가 잡히기도" 하는 공간이다.
'낡은 집'은 "운명을 잇는 생과 사의 정류장이었고", "새로
운 출발점일 수도 있"는 곳이기에 어머니가 그랬듯이 대물
림하며 살 수밖에 없다. 외롭게 지내 온 자만이 외로움을 이
겨내는 법을 안다. 더욱이 외로운 곳에는 외로움만큼 생각
도 깊은 것이어서 "무관심에 쩍쩍 갈라진 굳은살 같은" 외
로움의 "심사를 들여다보는 일은", "세월의 가장 바깥으로
내몰린 기억을 데려오는" 일이며, "벌어진 안쪽으로 저물
고 있는 나를 살피는 일이다." '나'는 내가 옆에 있어도 언제
나 외롭기에 항상 그리운 것이다. 시인은 더욱 웅숭깊게 삶

의 내력을 반추하기 위해 투사投射의 시적 장치를 활용하기
도 한다.

　　문 열면 타원형 속에서 흘러나오는 서너 평짜리 방엔 여
　　자가 산다 난 소소초 찾아 헤매다 지친 몸 누이던 고비사
　　막의 낙타 떠올리고, 넌 뜨거운 태양 아래 꿈 태운 빛으로
　　어제의 얼굴 씻으며 황혼 이고 오는 여자 생각한다 난, 널
　　모르는데 너는 날 기억하고 어제와 오늘의 경계 빗질해도
　　찾아드는 골진 이마 어둠의 실마리 흔들어 깨워도 새벽은
　　고요하여 멀다 밤새도록 뒤척이던 독백 같은 말들 털고 오
　　늘을 곱게 분칠하여 내일의 밥을 짓는 여자 나는 보았다,
　　너 닮은.
　　　　— 「낙타의 거울」 전문

폴 리쾨르Paul Ricoeur에 따르면, "인간은 스스로를 무대
로 이끌고 더 나아가서 스스로를 무대라고 생각한다."는 것
이다. 시인에게 이 말을 적용해 본다면, 시인은 시적 퍼소
나를 무대로 이끌고 더 나아가서 스스로를 퍼소나라고 생
각하는 존재이다.

　위 시에서 여자는 다름 아닌 시인이고, 시인은 자신을 사
막으로 이끌고 더 나아가서 스스로 낙타가 된다. "소소초
찾아 헤매다 지친 몸 누이던 고비사막의 낙타"가 된 시인은
자신의 모습을 투사해 본다. 시인은 가시풀인 소소초를 씹
어 제 피로 목을 축이면서 하루하루를 견디어 내더라도 "골
진 이마에 찾아든 어둠의 실마리"는 아득하기만 하다. 새벽
이 멀더라도 어찌하겠는가? "밤새도록 뒤척이던 독백 같은

말들 털고 오늘을 곱게 분칠하여 내일의 밥을" 지을 수밖에 없다. 이것이 여자인 자신에게 주어진 숙명이라는 것을 시인은 잘 알고 있다.

이렇듯 김태숙 시인은 낙타와도 같이 홀로 사막을 타박타박 거닐며 삶을 버티어낸 것이다. 앞으로도 똑같은 일상이 펼쳐지겠지만 내일은 또 내일의 밥을 지어야 한다는 것을 알고 있다. 하지만 누구나 마찬가지로 시인에게도 세월은 어찌할 수 없는 것이다. "황혼 이고 오는 여자"가 생각보다 먼저 저만큼 앞에 와 서성이고 있다.

출산 멈춰버린 검은 바다
희미하게 흐르는 별빛은
바람에도 쉽게 부서져
낡은 폐선에 소복이 쌓인다

얼마나 많은 별이 쓰려져 왔던가
나는 오늘 낡은 폐선에 박혀 간
별들의 긴 이야기를
파도로 들으려 한다

태어나 반짝이다 사라져간
모든 꿈 풀어놓아도
흙이 되지 않을 태초의 요람
굳게 닫혔던 바다가 밤하늘 품어
상처의 아픔만큼 출렁인다

비바람 끌어 앉고
뽀얗게 제 속 뒤집어 가는 바다
아련한 그리움에 젖는 난
어머니의 가슴만 만지고 있다.
— 「폐경기」 전문

　주워온 아이라고 놀림을 받았던 유년의 '나'는 어느새 세
월이 흘러 어머니의 나이가 되어 출산이 멈춘 낡은 폐선이
되었다. 폐선에는 어머니가 살아온 내력이 별빛으로 쏟아
진다. 별들이 들려주는 어머니의 이야기를 들으며 시인은
어머니와 동화同化의 과정을 겪게 된다. 이 시에서 어머니
는 바다인 동시에 폐선이고, 아울러 바다와 폐선은 '나'이
기도 하다. 결국 '나'는 어머니이고, 어머니는 '나'이다. 어
머니의 삶을 웅숭깊게 자맥질하고 난 연후에야 '나'는 어머
니와 동질감identity을 획득하게 된다. "비바람 끌어 앉고",
"뽀얗게 제 속 뒤집어 가는 바다"를 보며 어머니도 나처럼
힘들게 살았던 가슴 달린 여자였다는 것을 인식하게 되는
것이다. 지금은 출산도 멈춰버린 바다, 낡은 폐선이 되었지
만 '나'의 삶은 여자로서의 삶 이전에 어머니로서의 삶이었
기에 결코 "반짝이다 사라져간 모든 꿈 풀어놓아도 흥이 되
지 않"는다.

　그것은 내면의 완성

　모든 생명의 의미이며
　한 생애 어둡고 칙칙한 터널

관통한 꽃 트림이다

그것은 세상 바라보는 눈

세상 향해 두 주먹 불끈 쥔 용기이며
가슴에 옹이 더듬는 푸른 젖줄
심장에서 뿜어내는 꽃말이다

그것은 지구 반대편으로 날아간 별

등 마디마디
슬픈 색 지우며
한평생 떠나는 것이다

그것은 비워야 채울 수 있다는
여린 생 털고 웃음 툭,
터짐 기다리는
초경의 설레는 이름이다.
— 「몽우리」 전문

　신神이 아닌, 인간은 유한한 존재이다 보니 당연히 미래를 내다볼 수 없다. 때문에 세상살이에서 '기다림'이라는 말은 대상이 온다는 확정된 약속이 아니기에 쓸쓸하고도 슬프다. 어찌 보면 '기다림'은 인간의 연약한 모습의 또 다른 이면일 수도 있다. 하지만 '기다림'이 때로는 앞으로 다가올 기회와 희망을 제공해 주기도 한다.

'몽우리'는 아직 채 피지 않은 어린 꽃봉오리이다. 하지만 시인은 몽우리를 "그것은 내면의 완성", "모든 생명의 의미이며 한 생애 어둡고 칙칙한 터널 관통한 꽃 트림이다"라고 읊조리고 있다. 더욱이 "그것은 세상 바라보는 눈", "세상 향해 두 주먹 불끈 쥔 용기며 가슴에 옹이 더듬는 푸른 젖줄", "심장에서 뿜어내는 꽃말이다"라고 말한다. 또한 "그것은 비워야 채울 수 있다는 여린 생 털고 웃음 툭, 터짐 기다리는 초경의 설레는 이름이다."라고도 한다. 추위와 비바람의 시간을 마주하며, 인내와 연단鍊鍛을 통해 기다림을 견디어 왔기에 '몽우리'를 맺을 수 있다는 것이다.

김태숙 시인이 지금까지 기다려 온 대상은 어떤 외적 존재라기보다는 본인 자신이었다. 내면을 완성하고자 끊임없는 자맥질로 스스로를 다져온 것이다.

3

서정시의 주된 정서는 그리움이다. 그리움은 인간의 가장 원초적이고 본질적인 감성이라 할 수 있다. 외로움, 사랑, 미움 등의 감성도 따져보면 그리움에서 파생된 것이라 할 수 있겠다. 김 시인의 시편에서도 이 그리움은 중요한 시적 소재이다.

그녀의 시편에는 대부분 가족을 비롯하여 풀과 꽃과 나무가 등장한다. 그러나 무엇보다도 김 시인에게 가장 큰 영향력은 아마도 돌아가신 어머니와 아버지가 아닌가 싶다. 그의 시에 자주 등장하는 두 분은 순간순간이 고통스러운 일상의 선택이며 낯선 길을 가는 나그네같이 불안을 동반하는 여정을 사신 분들이다. 때로는 행복과 기쁨의 순간이 없지 않으나 근원적으로 연민스러운 것이며, 삶의 근간에는 언제나 슬픔과 고독이 자리하고 있었다는 것을 떨치지 못하고 있다.

장미 지운 저녁 비가
밤새 퍼덕이더니
아침 안개 통과해
꽃잎에 머금고

가난 때문에 멍든 꽃잎 툭툭 털어
노란 속내 다 드러내며
올망졸망 사랑 피워냈을 어머니

흙의 젖줄로 밀어 올린 접시꽃처럼
나를 키워 바람에 심고
빗길로 떠나가신지 어언 삼십 년

당신처럼 살지 않겠다고
내 가슴 지그시 밟던 시간
비로소 여름날을 뒤척이며 출렁이던
그리움 저편 눈시울 적시던 선홍빛
문득, 그때가 보인다.
— 「접시꽃」 전문

시인이 그려낸 어머니의 시간에는 늘 가난과 절망이 존재한다. 돌아가신지 삼십 년이 지났지만 아직도 어머니는 가난과 뗄 수 없는 고리로 가슴 저편에 남아 "멍든 꽃잎 툭툭 털어", "노란 속내 다 드러내며", "올망졸망 사랑 피워" 낸 존재로 기억된다. "흙의 젖줄로 밀어 올린 접시꽃"의 마디 따라 시집을 읽어가면 어느새 시인의 어머니는 우리의 어머니가 된다. "당신처럼 살지 않겠다고" 그분들의 삶을 부정해 보지만 우리도 어느새 당신과 마찬가지로 아등바등 살고 있음을 발견하게 된다. 그때서야 "그리움 저편"의 구석에서 우리는 시적 화자처럼 선홍빛 눈시울을 적시는 것이다. 다음 시도 스스로를 내려놓고 희생하며 살아온 어머니에 대한 안타까움과 더불어 연민의 정이 잘 드러나고 있다.

시간 넘나드는 당신은
늦은 봄 보랏빛 추억

찬바람 사라진 가시밭 두렁
엉덩이 질펀하게 떡잎 깔고 앉은
쓰디쓴 속울음 우려낸 지칭개 된장국으로
입맛 지친 한 끼의 밥상 차렸던 어머니

먼저 보낸 자식에게
허연 밥 부뚜막에 올리고
푸르뎅뎅하게 멍든 봄날 보내셨지

하루해는 언제나
온몸으로 기우는 것이어서
함지박에 별을 이고 달을 지고
덩그렁 덩그렁, 워낭소리로 힘겨우셨지

파릇한 청춘 벅벅 문질러 살았던 삶
봄만큼이나 자식 자랑하셨던 마음자리
아스라이 사라지는 기억 붙잡아
한소끔 꽃으로 피어오르셨지

곰살맞은 자식 위해
흔들리는 세상 바르게 서라 하셨던
그리워서 뜨거웠던 말
길 위 풍경으로
끝내 곁 지키고 있었지.
— 「지칭개꽃」 전문

   마음은 저릿한 경험 속에서 잎이 돋고 꽃이 핀다. 시인에게 이 저릿한 잎과 꽃은 시 창작의 단초端初가 된다. 부모님의 저릿한 사랑을 경험하였기에 우리는 그분들과 동질감을 느끼는 것이다. 사랑은 자타와의 동질성의 발견이며, 분리된 관계를 합일로 이끌어가는 행위이다. 시인에게서 분리된 관계가 깨어지는 것은 어떤 의미에서 공포가 되기에 다른 형태의 합일을 이루지 않으면 안 된다. 그것이 곧 시인이 시를 창작하는 이유가 아닌가 싶다.
   김태숙 시인에게 있어 어머니는 시간을 넘나들며 기억

되는 존재이다. 그 기억은 언제나 보랏빛이기에 우울하고 가슴 저리다. 시인이 추억하는 어머니는 "파릇한 청춘 벅벅 문질러 살았던" 분이고, 늘 "함지박에 별을 이고 달을 지고", "덩그렁 덩그렁, 워낭소리로" 힘겹게 사신 분이다. 더욱이 "먼저 보낸 자식에게", "허연 밥 부뚜막에 올리고", 봄날도 "푸르뎅뎅하게 멍든" 가슴 부여잡고 절망을 견디신 분이다. 시인은 지칭개꽃을 보며 평생 지친 삶을 살다 가신 어머니를 떠올렸을 것이고, 연민의 정으로 한참 동안 바라보았을 것이다. 더욱이 흔들리는 세상 속에서도 "바르게 서라 하셨던" 그 뜨거운 말을 자맥질하며 버팀목으로 삼아 살아왔을 것이다.

잘 차려놓은 제상에

나물 하나 더 올립니다

세파에 나부끼며 잘 자란 터전 한쪽

오래 잊혔던 컴컴한 망각에 불 켜고

내게서 네게로 또 다른 너에게로

밀고 들어오는 안부가 많은 저녁입니다

그래 그랬어, 그때는 그랬지

형제들 둘러앉아 담방담방 피기 시작한 이야기 속 엄마

아침밥 짓다가도 불현듯 화 치밀었는지

서쪽으로 가신 아버지께 돌직구 날리십니다

부지깽이 장단에 치맛자락 타는지 모르던

걸진 한풀이 깨알처럼 터트리다가

육거리 장단에 푸념으로 사그라들기도 했던,

그런 날엔 온종일 비가 내렸고

엄마의 눈에 걸려드는 나의 게으름

학교 늦겠다, 지집애가 게을러서 어디에다 쓰겠냐

푸릇한 내 청춘 점령했던 지긋지긋한 잔소리

가끔은 휘발성을 잃곤 합니다

오늘, 제상에 올리는 부지깽이나물

오래된 유년 들쑤시는 씁쓰레한 추억 하나

툭, 건드립니다.

— 「부지깽이나물」 전문

  대부분의 사람들은 어머니에 대해 무한한 사모와 애정을 가진다. 일생에 변함없는 그리움이 바로 어머니이기 때문이다. 애인이 생명처럼 소중하다 하더라도 조건적이라서 그것은 변할 수 있다. 그러나 어머니에 대한 우리의 그리움은 영구적이며 무조건적이다.

  오늘은 어머니의 제삿날, 다른 때보다 그리움이 더욱 사무칠 것이다. 하지만 시인이 공유했던 어머니와의 시간에는 그늘이 내재되어 있다. 5남 1녀의 외동딸로 태어나 귀여움을 독차지했을 법도 하지만 시인의 어머니는 늘 "부지깽이 장단에 치맛자락 타는지 모르"고, "걸진 한풀이 깨알처럼 터트리다가", "육거리 장단에 푸념"을 어린 딸에게 늘 쏟아부었다. 시인은 부엌에서 들려오던 "푸릇한 내 청춘 점령했던 지긋지긋한 잔소리"가 환청으로 들려올 때마다 "오래된 유년 들쑤시는 씁쓰레한 추억" 떠올리고는 눈시울 적셨을 것이다.

  어머니의 딸자식에 대한 이러한 행동은 어머니가 무남독녀로 자란 것과 무관하지 않다. 시인에 따르면 외할머니는 어머니에게 '니가 아들이었으면' 하는 말을 입에 달고 다니셨다는 것이다. 피해의식이 딸에게로 전이된 것이다. 어머니의 이러한 딸에 대한 행동은 시인이 시집을 간 후에도 계속되었는데, 그것은 동생의 죽음과 연관이 있는 듯싶다. 「제망제남가祭亡弟男歌」라는 시에서 시인은 "잘나/ 나라에 바친, 꿈 많던 짧은 생/ 너에게로 가는 길은/ 저 산모퉁이 눈물로/ 굽이돌던 삼백예순날"이라고 읊고 있다. 남동생이 잘못된 이후로 어머니는 외할머니가 그랬던 것처럼 딸에게 "육거리 장단"의 푸념을 쏟아냈을 것이다.

시 내용은 시 속에 담겨 있는 정신이자 혼이다. 시가 풍기는 향기까지도 언어 속에 깃들어 있다. 따라서 작가의 삶을 음미하는 태도가 매우 중요하다. 김태숙 시인이 담고 있는 시심의 핵심은 위의 시들에서 살펴본 바와 같이 '외로움'이자 '그리움'이다. 어머니의 나이가 되어서야 어머니를 이해하게 된다. 이해는 그리움을 낳고, 그리움은 화해를 낳게 되는 것이다. 시인은 어머니가 묻혀 있는 산소의 뒤란을 거닐며 "어머니!/ 올해도 어김없이/ 가을은 왔는데 돌아올 길 없고/ 울새 속눈썹 습해/ 차마 발걸음 떼지 못합니다."(「어머니의 뒤란」)라고 읊조리고 있다.

김태숙 시인에게 있어 어머니에 대한 그리움도 그리움이 겠지만 더 큰 그리움의 대상은 아버지이다. 시에 자주 등장하는 아버지는 보는 이로서는 아프지만 언제나 따스하고 포근한 사랑을 품은 모습이다. 그 때문일까? 김 시인의 시에는 전반적으로 우리들 아버지의 초상을 떠오르게 한다.

하루치의 태양이

서산 향해 걸으면 들판으로 나가
짙푸르게 밀려오는 기억 하나 더듬습니다

잊은 듯, 잃어버린
묵은 발자국의 잿빛 얼굴
바람에도 떠나지 못하는 이름입니다

힘겨워도 내려놓지 못한 짐
땡볕에 그을린 어깨 한쪽이 기울어
소주병으로 평행을 잡던
그 모습, 눈물겹습니다

지금 어디쯤에 계신가요
두근거리는 가슴에 손 얹으니
푸르게 푸르게 화답하는 들판
나, 이렇게 죄인처럼 서 있습니다.
　　　— 「아버지의 들녘」 전문

　여느 아버지와 마찬가지로 시인의 아버지도 "힘겨워도
내려놓지 못한 짐/ 땡볕에 그을린 어깨 한쪽이 기울어/ 소
주병으로 평행을 잡"으며 사셨던 분이다. 언제나 식구를 위
해 농사일을 하며 잿빛 얼굴로 평생을 들판에서 서성였을
것이다. 시인은 그런 아버지와의 조우遭遇를 위해 두근거리
는 마음으로 들판에 서게 되고, 그럴 때마다 어릴 적 그랬
던 것처럼 아버지는 늘 "푸르게 푸르게 화답"해 주시는 것
이다. 지금도 시인이 들판을 떠나지 못하는 이유라고 생각

한다. 하지만 시인은 아버지의 희생적인 삶에 대해 한 번도 보답해드리지 못한 죄책감에 "죄인처럼 서 있"는 것이다.

너 없이 어찌 봄이 오겠는가

성묘하러 가는
신작로 가로지른 오솔길
봄 피워내고 있지, 너는

나 어릴 적
아버지의 지게 발채에 얹혀와
좁다란 책상에 이른 봄 먼저 피워냈지

지금도, 산기슭 양지바른
한 뼘 자리 연분홍으로 자리 잡은 너는
아버지의 쉼터에서 울컥하는
그리움의 이름이지

어찌, 너 없이 봄이 가겠는가.
— 「진달래꽃」 전문

시인이 추억하는 아버지는 늘 진달래꽃을 "지게 발채에 얹혀와/ 좁다란 책상에 이른 봄 먼저 피워" 주셨던 자상하신 분이다. 때문에 "지금도, 산기슭 양지바른/ 한 뼘 자리 연분홍으로 자리 잡은" 진달래는 "아버지의 쉼터에서 울컥하는/ 그리움의 이름"인지도 모른다. 그리하여 아버지의

딸에 대한 애틋한 사랑이 깃들어 있는 진달래 없이는 봄은
올 수도 갈 수도 없다고 시인은 읊조리고 있다.

4

　　　한 조각을 잃어버려 이가 빠진 동그라미,
　　　슬픔에 찬 동그라미.
　　　잃어버린 조각을 찾아 길을 떠났다.

　　　데굴데굴 굴러가며 부르는 노래

　　　어디로 갔을까 나의 한 쪽은
　　　어디로 갔을까 나의 한 쪽은
　　　에이야 디야 나 이제 찾아나섰네 어디로 갔을까 나의 한
　　쪽은
　　　나, 이제 찾아 나선다, 잃어버린 한쪽을.

　　쉘 실버스타인Shel Silverstein의 『어디로 갔을까 나의 한
쪽은』이라는 우화의 첫 부분이다. 이 이야기는 이 빠진 동
그라미가 잃어버린 자신의 한쪽을 찾아가는 과정에서 깨닫
게 되는 진리를 소박하면서도 감동적으로 그려내고 있다.
모든 인간적인 성취와 추구의 본질을 자상하게 파헤친 아
름다운 이야기이다.
　　김태숙 시인의 시 편을 읽으며 '외로움'과 '그리움' 외에
주목한 또 한 가지는 반쪽에 대한 '사랑'이다. 이 시 편에 등

장하는 반쪽의 대상은 대체로 '너'나 '그'로 명명되어 있다.

　　걷다가 한 번쯤 그리웠다
　　말을 해도 좋으련만

　　기다릴 줄 모르는
　　그래서 붙잡을 수 없는,
　　떠나가는 너를 수없이 보냈다
　　햇살 얼기설기 내려앉은 연산역 벤치에서

　　비 오다 갠 파란 하늘
　　꽃도 피고 지는 건 시 같아
　　너 안에 꽃 피어, 나도 따라 핀다
　　물에서 건져낸 나르시스
　　꽃들이 지나간 숲에 우거졌을 기억

　　기다리지 않을 너에게 간다
　　언 땅 바람이 할퀸 연둣빛 자리
　　노란 꽃 얼룩 지우며
　　지고 말 그 길
　　온몸으로 간다.
　　　　一「수선화」 전문

　　인간은 무엇인가를 얻기 위해 인생을 산다. 그러나 찾고
나면 그것을 잃어버려야 한다. 우리는 이런 역설적 상황 앞
에서 존재에 대한 의미를 다시 한번 되돌아보게 된다. 시인

은 시 「수선화」에서 "기다리지 않을 너에게 간다/ 언 땅 바람이 할퀸 연둣빛 자리/ 노란 꽃 얼룩 지우며/ 지고 말 그 길/ 온몸으로 간다."라고 하였다. 하지만 '나'는 '너'를 붙잡을 수 없는 존재로 인식하게 되고, 그리하여 떠나가는 '너'를 수없이 보내야만 하는 것이다. 여기에서 '너'는 타자인 동시에 '자아'인 '나르시스'이기도 한 것이다.

> 입술과 입술
> 들숨과 날숨에 피었다 사라지고
> 잠시, 칼디의 가슴 촉촉이 적시다
> 전설 속에 묻어둔 사랑
> 혀끝에 말려 올려진 시간만큼
> 향기로 되살아나는 문양文樣이여.
> ― 「커피의 문양」 전문

'자아'인 나르시스는 "들숨과 날숨"으로 피었다 사라진 전설 속에 묻어둔 사랑을 자맥질하여 건져 올리지만 향기로 되살아날 뿐 사랑의 실체는 부재 상황이다. 시인은 이렇듯 만나고 이별하는 과정에서 얻음은 잃어버림을 전제로 해야 함을 체득하게 된다. 그리하여 시인은 비극이지만 비극을 피하거나 굴복하지 않고 비극을 직시하고 "노란 꽃 얼룩 지우며/ 지고 말 그 길/ 몸으로 간다."라며 적극적으로 대응하려 한다. 아래 시 「수요일엔 기차를 타요」에서도 사랑에 대한 시인의 적극적인 자세를 엿볼 수 있다.

> 일기예보의 표정을 살펴요

노란 장화 신은

기상 캐스터는 비 부르고

촉촉이 젖는 그리움은 한 뼘이나

자라 플랫폼 서성이죠

미쳐야 살 수 있다면, 불나방처럼 모든 걸 걸고

불에 뛰어들 자신감으로 용기 꿈꾸는

어쩌면 한 번쯤 가슴 뛰는 사람이 되어

신발 끈 묶어요

기차는 숲으로 들고

그가 울고 간 터널의 깊이와

한세월 푸르게 기록된 사연을

난 어찌 다 읽어 낼 수 있을까요

오래도록 땅속에 잠겨있던

저 속울음의 마디마디를

은밀하게 속내 열어

이정표 없는 쓸쓸한 숲 끌어안고

우린 서로 다른 생각으로

긴 하루를 차창 밖에 흩뿌려요.

　　— 「수요일엔 기차를 타요」 전문

　수요일은 비가 오는 날이고, 그리움은 촉촉이 젖어 한 뼘
이나 자라 플랫폼을 서성인다. 기차를 타고 '그'를 찾아 나

서지 않고서는 도저히 견딜 수가 없는 것이다. 그리하여 "미쳐야 살 수 있다면, 불나방처럼 모든 걸 걸고/ 불에 뛰어들 자신감으로 용기 꿈꾸는/ 어쩌면 한 번쯤 가슴 뛰는 사람이 되어/ 신발 끈 묶"자고 적극적인 어조로 스스로에게 말한다. 하지만 사랑의 대상은 언제나 어긋난다. "너의 육체는 팔월의 붉은 장막 밀고/ 내 영혼은 밤마다 너의 담장 넘는다."(「사랑은 떠난 뒤에 온다」)는 것이다. 이렇듯 시인의 사랑은 다가서면 멀어지고, 멀어지면 그리운 상사화 같은 어긋난 사랑이라서 애틋하다.

바람의 근원지 찾으러
북쪽으로 뿌리내린 것들 이정표 삼아
마닐라에서 열두 시간 달려 도착했을 땐
이미 바람의 흔적은 보이지 않았다
오후의 햇살이 집요하게 따라오던 구름 밀자
날아오르는 새의 종아리 사이로
부산하게 펼쳐지는 길고 좁다란 협곡
칭얼대던 새의 울음조차 둥글게 말리는
생성과 소멸이 반복되는 곳엔 바람도 신이 된다
신들의 근간은 사랑이었을까
지상의 낮은 시간 속에 살다 신이 된 여인 흠모하여
피었다 지고 지었다 피었을 이고로트족의 시신들
벼랑에 둥그렇게 걸린 시간 위태롭다
숨길 사연 무엇 그리도 많아
깊은 곳에서 자란 솔향까지 바람의 무게로 견뎌야 했던,
떠남과 돌아옴이 하나인 에코밸리

떨어진 꽃잎에도 메아리 투명하게 쌓이는 곳
손 내밀어 바람의 기억 들추는 여인들의 눈빛에
산 그림자 그득히 고여있다.
　　　─「에코밸리」전문

　시인은 이렇듯 애절하고, 애틋한 사랑의 근원지를 찾아
떠나지만 마음에 사랑을 불어넣었던 "바람의 흔적은 보이
지 않았다."고 한다. "손 내밀어 바람의 기억 들추는 여인들
의 눈빛에/ 산 그림자만 그득히 고여있"을 뿐이다. 사랑의
실체는 손으로 잡을 수도 없는 것이어서 허허롭다. 허허롭
기에 더욱 아프다.

햇살이 바스러져
허허로운 날엔
누군가의 의미가 되어
떠나고 싶다

그 길 위에서 만나는
모든 것을 사랑하다
기약 없이 이별할 때
하염없이 네게로 가고 싶다

어쩌면 생은 장엄한 침묵
눈 감아 가슴 열고
내 환영 바라보는 풍경

허상에 집착하지 않고
진실이란 믿음으로 돌아와
말갛게 씻긴 은사시나무로
서 있고 싶은 것

때론 떠난다는 것은
비우고 이별하다 새겨진
삶의 주름진 문양
푸른 핏줄로 녹여 지워질 때
쓸쓸한 우리로 추억하는 것이다.
— 「떠난다는 것은」 전문

   가수 김광석이 부른 「너무 아픈 사랑은 사랑이 아니었음
은」이라는 노래가 있다. 시인 또한 너무 아픈 사랑은 사랑
이 아니라는 것을 알기에 어떤 특정 대상을 사랑하기보다
는 "그 길 위에서 만나는/ 모든 것을 사랑하"겠다고 한다.
"생은 장엄한 침묵/ 눈 감아 가슴 열고/ 내 환영 바라보는
풍경"이라는 것을 깨달은 시인은 이제는 "허상에 집착하지
않고/ 진실이란 믿음으로 돌아와/ 말갛게 씻긴 은사시나무
로/ 서 있고 싶은 것"이다.

나무가 풀어놓은 그늘과 버선발로
마중 나온 꽃들 있어 정겨운 산사
담장 휘어 감는 개울물에
이끼 낀 마음 헹구고
나의 비루함에 촛불 들어 머리 조아리니

번뇌와 번민 사이에서 잠깐 동안

인간은 믿음과 관계없이 충분히 종교적일 수 있다는

씨알머리 없는 내 발칙함에

미동도 없이 서 있는 대웅전 앞 노송

구름에 걸려 현기증 앓았을 터

너의 여름은 너그러웠는지

붓끝에 피지 못한 묵향 손끝에 시들어

황량한 마음 문지르건만

저기, 저 노승은 한 생애 저물도록 붉고,

얼마나 많은 사리 품었기에

저리도 청청할 수 있을까

땅거미 내리자 돌계단 오르던 담쟁이도

하루 등진 채 생각 내려놓을 시각

흔들리고 흔들렸던 여인, 적막 짙어지고

면벽 수행 들고 있다.

　　ㅡ「수덕사에서」전문

　사랑을 내려놓기로 마음먹은 시인은 산사 찾아 "미동도
없이 서 있는 대웅전 앞 노송"을 보며 "번뇌와 번민 사이에
서 잠깐 동안/ 인간은 믿음과 관계없이 충분히 종교적일 수
있다는/ 씨알머리 없는 발칙함에" 대하여 깊이 마음 문지
르며 성찰과 숙성의 시간을 갖는다. 또한 지금까지 세상에
"흔들리고 흔들렸던" 자신을 생각하며 비구니처럼 "적막
짙어지고/ 면벽 수행"에 들고 싶은 생각도 든다.

5

김태숙 시인의 시 편은 자신의 삶 속에서 만난 존재들과의 관계 양상을 구체화함으로써 개인적 한계에 포박된 우리의 시선을 외부로 확장시켜 준다. 아울러 타자의 감정을 나의 감정에 이입함으로써 내적 자아의 진정한 자리가 어디인지를 알려준다. 더욱이 지금까지 살아온 자전적인 삶을 바탕으로 대상에 대한 따듯한 시선과 애정을 견지하며 응숭깊은 감정을 자맥질하여 봄, 여름, 가을, 겨울의 랩소디를 잔잔하게 들려줌으로써 오래도록 시적 여운이 남게 한다.

특히 시인의 삶에서 자연적으로 파생된 시적 상상력은 단지 관념에 머물지 않고 구체적인 언어적 테두리를 지니고 있어서 독자들과 공명하기에 부족함이 없다. 결국 시인이 지어나가는 시의 집은 자연의 공법으로 지은 개미집과도 같이 정치精緻하면서도 응숭깊다. 이러한 특징은 자유로운 뿌리줄기를 가지기에 앞으로 뻗어나갈 새로운 상상력의 지평에 기대를 걸게 해준다.

특히 김태숙 시인의 시는 진정성이 있고 어렵지 않기에 독자들과 공감의 폭이 넓다. 조곤조곤 이야기하는 듯하면서도 울림이 크다. 사람을 사랑할 줄 알고, 주위를 돌아보는 여유와 함께 존재들에 대한 연민의 정이 흘러넘친다.

> 산다는 것이 무어냐고 묻자
> 느낌표와 물음표 쉼표와 마침표 섞어
> 심상 관통해 은하수로 쏟아지는
> 세상의 씨방들

흰고래 산다는 심해 헤엄쳐

언어의 물결 보듬어 백지에 부려놓으니

산호처럼 돋아나는 황홀경

울림으로 조합되는 언어는

한 줄의 시행되어 시공간 넘나든다

행과 행 사이 정성스레 가늠하니

까만 연밥처럼 익어가는 시어들

농부가 곡식 수확하듯

개구리울음 자양분으로 키워가는 마음 꽃

쭉정이 벗는 알곡 진 시어들 툭, 쏟아놓으면

시인들도 시 농사짓는 것이리.

—「시 농사」 전문

  중요한 것은 시적 대상이 무엇이든 시는 땅속에 묻혀있는 감자를 수확하듯 감동을 캐내는 일이다. 시는 감정의 배설물이 아니라, 맑은 우물에서 자맥질하여 건져낸 정제된 감성이다. 감동은 시적 대상을 직관의 힘으로 꿰뚫어 보아야 나온다.

  시적 대상을 자연을 매개로 한다면 기왕에 그려진 모습보다는 당연히 새롭게 형상화되어야 할 필요가 있다. 생태학적 상상력은 그 자체가 강하고 아름다운 생명성을 지니고 있기에 발랄하다.

  지금까지 풀과 꽃 데리고 들판에서 농사를 잘 지어왔으니, 이를 바탕으로 시 농사도 잘 짓기를 바란다. 음악적인 감성이 살아있는 발랄한 상상력으로 개성 넘치는 감동적인 다음 시집을 기대해 본다.

김태숙

김태숙 시인은 충북 괴산에서 출생했고, 2018년 월간『문학세계』로 등단했다. 현재 월간문학세계 회원, 시와달빛문학작가협회 사무국장, 대전문인총연합회 회원, 계룡문인협회 감사로 활동하고 있다.
김태숙 시인은 첫 번째 시집인『나르시스 건져 올리기』에서 투사投射와 동화同化의 방법으로 시 창작의 자맥질을 끊임없이 해오고 있다. 꽃을 건져 올리기 위해서 나르시스가 되기도 하고, 꽃이 되어 나르시스를 건져 올리기도 한다. 시적 대상은 무수히 많은 것이어서 또 다른 나일 수도 있고, 나 이외의 다른 존재일 수도 있다.

이메일 : cindyk1229@naver.com

김태숙 시집

나르시스 건져 올리기

발   행   2021년 11월 29일
지 은 이   김태숙
펴 낸 이   반송림
편집디자인   김지호
펴 낸 곳   도서출판 지혜 • 계간시전문지 애지
기획위원   반경환 이형권
주   소   34624 대전광역시 동구 태전로 57, 2층 도서출판 지혜 (삼성동)
전   화   042-625-1140
팩   스   042-627-1140
전자우편   ejisarang@hanmail.net
애지카페   cafe.daum.net/ejiliterature

ISBN : 979-11-5728-459-7 03810
값 10,000원

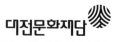

*본 도서는 대전문화재단의 후원으로 발간되었습니다.